SHARK

SHARK

Story 운雲 × 김우섭 Art

5

지금 열차가
들어오고 있습니다.

승객 여러분께서는
한 걸음 물러서주시기 바랍니다.

출입문이 열립니다.

치이익—

출입문이 닫힙니다.

다음 정류장은 디지털미디어시티,
디지털미디어시티역입니다.

내리실 문은
오른쪽 입니다.

출입문이 열립니다.

출입문이 닫힙니다.

고양이 예쁘네요.

안녕~

그래서?

아, 아무것도
아니에요.

아, 그럼…

후우 —

아무도
안 내면 되겠네.

하! 이 새끼 봐라?

거벅

거벅

11

…인상
구기지 마라.

뭐?!

진짜 한 방
먹여주고 싶은
얼굴이거든.

타앗!!

퍽!!

마찬가지.

한 마리에 400원.

뭐?

처먹었잖아.
일단 계산부터 하고 뻗으라고.

그리고…

네가 셋 중에
제일 못생겼으니
더 맞아야겠다.

진짜 짜증 난다고.

…에?

꿀꺽

퍽!

꼬아아아아악!!

퍼억!

개시 첫날부터 잘되기야 하겠냐?
그냥 그렇지 뭐.

다행히 나레이터
모델들 구하긴 했는데…

생긴 게
하나같이 영 별로라.

하나같이
맘에 안 들어.

뚜루룻 뚜루~

청춘붕어!

뚜루룻 뚜루!

달콤한! 뚜루룻 뚜루!
단팥붕어! 뚜루룻 뚜루!
청춘붕어!

청춘붕어! 뚜루룻 뚜루!
고소한! 뚜루룻 뚜루!
치즈붕어! 뚜루룻 뚜루!
청춘붕어!

나레이터 모델?
네가 돈이 어디서
나서?

어쩌다 보니 그렇게 됐다.
말하자면 길어.

이따 저녁에 술이나 한잔해.
그때 설명해줄 테니까.

뭐 알았다.
이따 밤에나
보자고.

아 맞다.
그러고 보니…

후ー

음?

걸그덕

걸그덕

툭!

후유ー

걸그덕

후유ー

걸그덕

…어제보다 5초 단축.
계획보다 체력 회복 속도가
더디다.

그러고 보니
지금쯤이면…

뉴욕

여긴 한밤중인데 뭘 하겠어요.

…파티는 무슨.

뚝

적당히 좀 하세요. 어련히 알아서 할까 봐요.

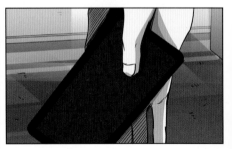

…그러고 보니 딱 1년 지났네.

덜컹

덜컹

…우솔이가 출소하는
날이구나.

그 녀석도
출소했겠는데?

녀석…
잘 지내야 할 텐데.

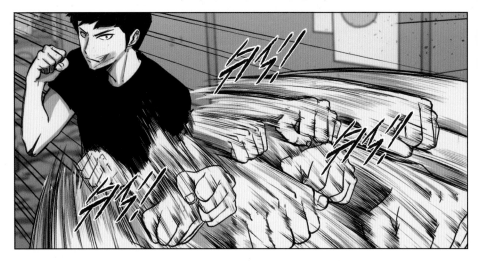

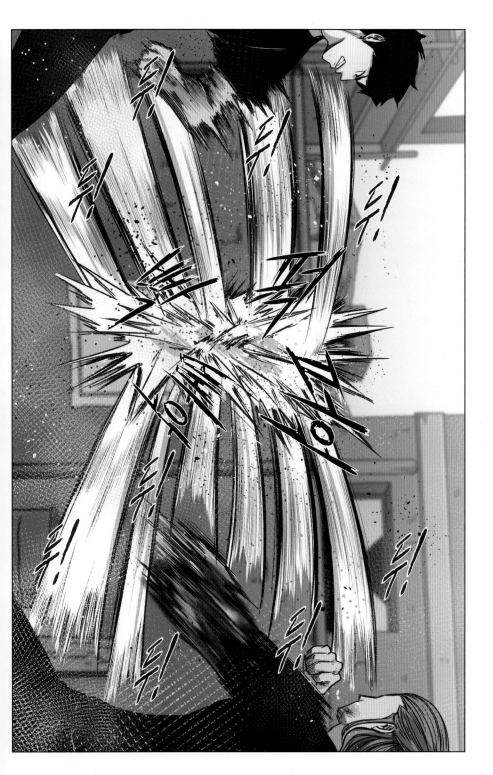

…통한다.

지난 3년간
무수히 갈고닦은 이 주먹이
저 녀석에게도 통하고 있다!

…차우솔
진짜 많이 컸네.

여유 있는 척하지 마.
역겨우니까.

원래는 그냥 오는 거 다 받아주면서 힘으로 찍어 눌러버릴 생각이었거든?

네 주먹 따위를 피하는 것 자체가 쪽팔려서 말이야.

뭐?

그런데 안 되겠어.

다 받아주기엔 주먹이 꽤 맵네.

...

이제부터 보여주마.

척!

후이잉 ―

간다.

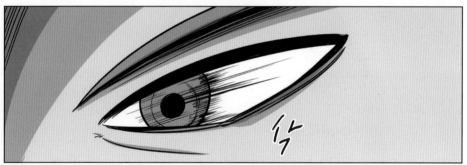

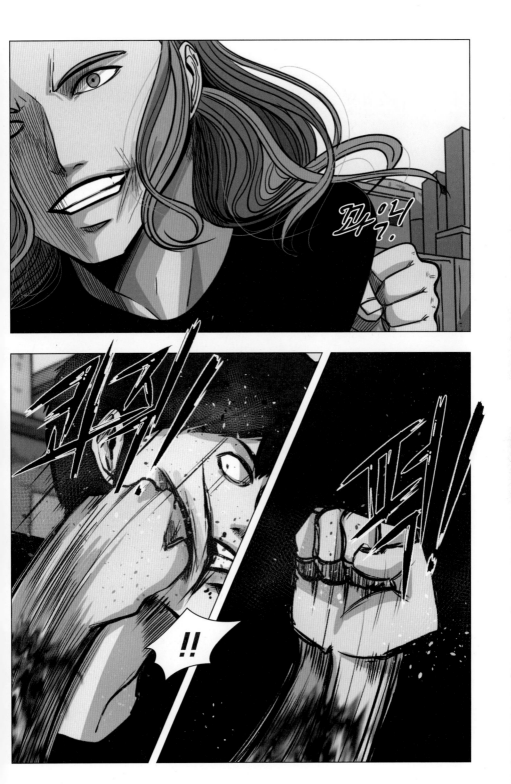

바로 그거야.

크윽!

이게 현실이거든.

웃기지…

마!!

기본적인
실력 차이가 너무 커.

허억

씩

애쓴다 애써.

허억 ―

모든 것이…

허억 ―

완벽하게
예상대로야.

허억 ―

허억 ―

그런데 이게 왜
배석찬만을 위한 기술인 거죠?
항상 사용해도 충분히
쓸 만할 것 같은데.

아아, 장점 위주로 설명하다 보니
거의 무적의 기술인 양
오해를 한 것 같은데 꼼꼼히
따져보면 단점도 적지 않아.

프로들의 세계에서
잠시 유행하다가 지금은
아무도 사용하지 않는 데는
다 이유가 있어.

어떤 단점이요?

가장 대표적인 단점은
의외로 빠르지 않다는 거야.
어떻게 보면 당연한 거지.
인간의 몸은 기계가 아니니까.

특히 배석찬처럼 동체시력이
우수한 타격가가 상대라면 항상
카운터펀치를 조심해야겠지?

명심해.
두 번째 기회는 없어.
그러니까 신중히 생각해서
가장 적절한 타이밍에
사용해야 할 거야.

마지막 승자가
누구였는지?

윽!

내가 너무
살살 다뤄줬나?

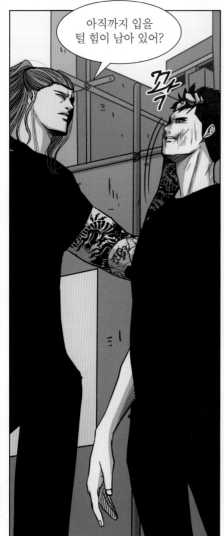

아직까지 입을
털 힘이 남아 있어?

꾹!

너야말로…

달라진 게
하나도 없구나.

승리를 확신하고
마음을 놓아버리는…

바로 이 순간!!

후우, 좆 될 뻔했네.

…막혔어.

컥!

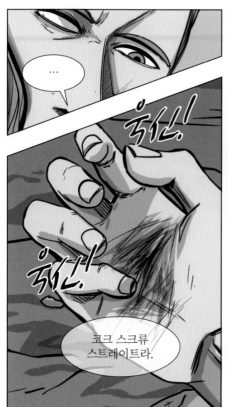

…

욱!

욱!

코크 스크류
스트레이트라.

깜빵에 있으면서
짱구 좀 굴리셨어. 응?

톡

톡

왜?
한쪽 눈으론 부족했나?

삐빠직!!

아예 장님으로
만들어버리려고?

침착해.

막혔을 때도
대비해뒀었잖아.

!!

녀석은 복서다.
잡기 싸움으로 가면…

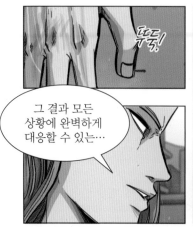

그 결과 모든
상황에 완벽하게
대응할 수 있는...

진짜 싸움꾼이
될 수 있었지.

애초에 말이
안 되는 싸움이었어.

원래 나보다 훨씬 강했던
녀석이 나보다 훨씬 혹독한
훈련 과정까지 거쳤다.

녀석보다 나은 점이
하나도 없는데
무슨 수로 이기겠어?

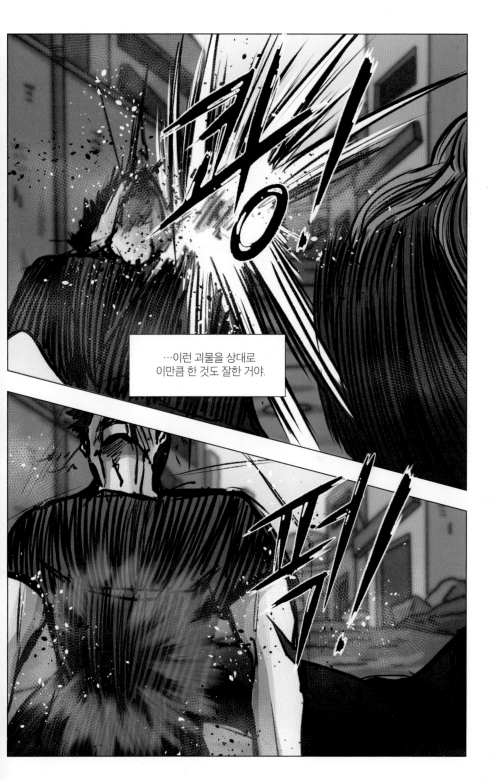

…이런 괴물을 상대로
이만큼 한 것도 잘한 거야.

그럼 오늘은
이쯤에서 마무리해볼까?

너도 마찬가지야.
살아남고 싶으면
절대로 포기하지 말고
끊임없이 발버둥 쳐.

그러다 보면 어느 순간
최고의 사냥꾼이
되어 있을 거야.

…상어처럼.

중얼

아직…
안 끝났어.

생각났어.

…내가 너보다
나은 한 가지가.

오호, 아직도
일어서네? 소위 집념의
힘이라는 건가?

…평생 나와 내 주변
사람들을 괴롭히겠다고?

…그런 짓을 하도록
내버려둘 순 없지.

…뭐야.

난 겁이 없다.

심지어 재수 없는 우리 사장과
맞붙었을 때마저도
힘의 차이를 통감했을 뿐
두려움을 느끼진 않았다.

그런데…

쿠춘...

허억 ㅡ

허억 ㅡ

허억 ㅡ

움젤!

그때도 그랬다.

스멀ㅇㅇㅇ

하아 -

하아

하아 -

…하, 씨발.
새끼가 미쳤나.

하아 -

주르륵 -

죽여버린다, 진짜.

불의의 일격을 당했지만
몸의 나머지 부분은
멀쩡했다.

하아 -

그때부터 정신을 차리고 싸워도
충분히 이길 수 있는 상황이었다.
그런데…

너나 죽어!!

크윽…

도현이 형도
이해해줄 거야.

나와 내 소중한
사람들을 지키기
위해서니까.

이 일로 다시
교도소로 돌아가도
상관없어.

난 그곳의 왕이었는걸.
그러니까…

죽여버리자.

아니.
죽는 건 너야.

두 번 다신 그딴 식으로
쳐다볼 수 없도록…

이 자리에서
확실히 죽여주마!

헉억!

잠깐만 녀석아.

?!

푸웅!

…도현이 형?
형이 어떻게?

형이 말했잖아요.

나와 내 소중한 사람들의
생명을 지키기 위한…

그래. '최후의 무기'라고
내 입으로 말했었지.

그딴 건
아무래도 상관없고.
너 그거 진짜로 하려고?

그런데 지금이 '최후의
무기'를 꺼내 들 순간이 맞아?
다른 수단은 전혀 없을까?

느려졌어?

?!

…이번이
마지막 기회야.

!!

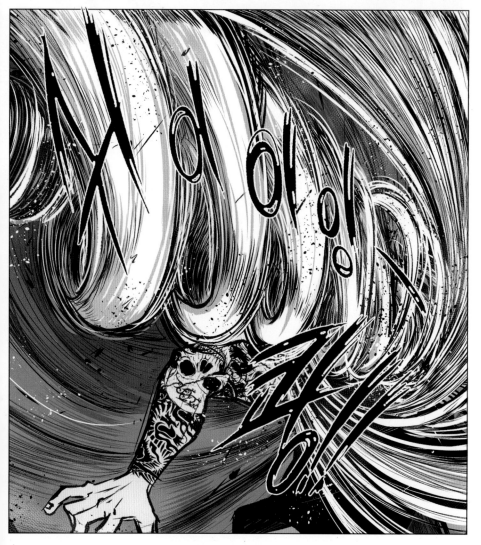

천만에.

큭!!

날 망가뜨린 것도,

그리고
널 망가뜨린 것도

너 자신이야.

한 가지만 묻자.

대체 왜 그랬냐.

내가 대체 뭘 그렇게 잘못했기에 그렇게까지 했었냐고.

큭큭. 병신아. 사람 조지는 데 이유가 어딨어.

그냥 재미 삼아 하는 거지.

…재미?

으걱!!

!!

그저 재미였다고?

컥!!

그저 재미였다고?!

너란 놈과 엮일 때마다 난 완전한 어둠 속을 걷는 것 같은 기분이었어!!

차라리 죽어버리는 편이 낫겠다고 생각했던 적이 한두 번이 아니었지. 그런데 넌 그 모든 게 그냥 재미였다고?!

큭큭큭큭!

그럼 그냥 죽지 그랬어. 응?

으득!

어둠 속을 걷는
기분이 어떤 건지…

너도
한번 느껴봐.

큭… 씨발.

욱신!

콰드득!!

쉬이익!!

똑

쿵!

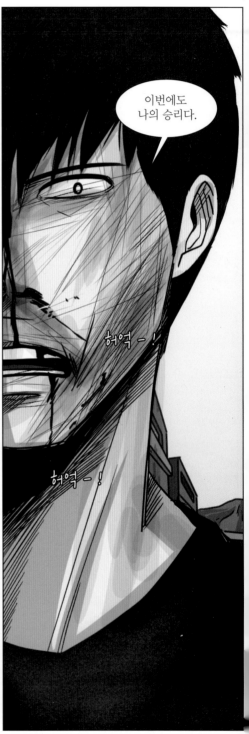

이번에도
나의 승리다.

허억 - !

허억 - !

그러니까 이제 그만 꺼져.
그리고 두 번 다시 내 눈앞에
나타나지 마.

허억 —!

허억 —!

어둠 속을 걷는 기분?

…그딴 게 뭐?

내가 왜 어둠을
두려워해야 하지?

113

넌…
여기에 있으니까.

여기가 대충
목쯤 되겠지?

그럼…

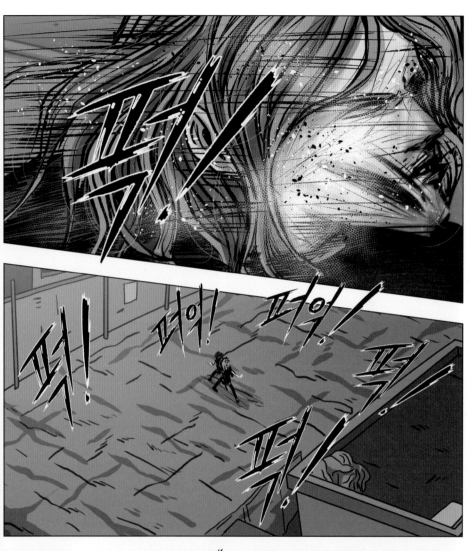

뚝…

빌어먹을 놈…

뚝…

더럽게 질기네.

허억─ ₁

허억─ ₁

어때, 조금쯤은
후회가 되나?

컥!!

다 네 덕분이지.

허억-!

허억-!

지난 3년 동안 오로지
오늘만을 준비해왔거든.

씨를...

크크크! 후회?
후회가 되냐고?

퍼억!

그렇게 당하고도
아직도 날 몰라?

난 후회 같은 거 안 해.
반성 같은 것도 몰라.

허억-!

허억-!

쉬익!!

난 원래 이렇게 태어났고
죽는 순간까지 이렇게 산다!
알아들어?!

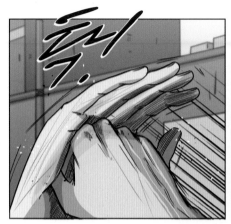

?!

…안 되겠네.

원래는 그냥 오는 거
다 받아주면서 힘으로 찍어
눌러버릴 생각이었거든.
네 주먹 따위를 피하는 것
자체가 쪽팔려서 말이야.

뭐?

그런데 안 되겠어.

…다 받아주기엔 주먹이 꽤 맵네.

빠아직!!

개새끼가!!

픽

그 이빨부터 다 뽑아버리겠어!

덥석!

?!

씨발!!!!

추욱 -

네가 어떻게 살든 상관없어.

크아악!!

허억 -!

나는…

허억 -!

더욱 강해질 테니까!

슈이잉 -!!

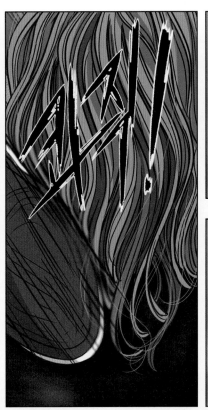

크윽!!

네가 다시는 내 앞에 나타날
엄두도 내지 못할 만큼
강해질 테니까!!

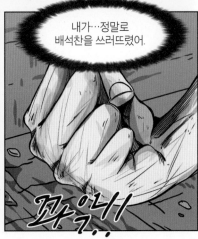

우슬이니?

예.

143

!!!!

늘꺽!

내 새끼 얼굴이
이게 뭐야.

한사코 마중도 나오지
말라더니 대체 누가
이런 거야. 응?

이제 다 끝났어요.
들어가서 전부
말씀 드릴게요.

꺽윽…

나 배고파요.
밥 먹고 싶어요.
…엄마가 해준 밥.

!!

내 정신 좀 봐.
얼른 들어가자.

…정말로

돌아왔다.

찰랑~

…석찬이 녀석이
하루 종일 안 보이네.

짹짹…

여긴?

맞아.
집이었지.

음?

…나도 참.

벌써 일어났니?
좀 더 자지 않고.

그러고 싶었는데
이 시간 되니까 자동으로
눈이 떠져서요.

밥 먹기 전에
운동 좀 하고 올게요.

!

그러고 나가게?

147

그래도 죄수복보단 훨씬 나은데요 뭘.

공기도, 경치도 모든 것이 다 새로워.

매일매일 똑같은 운동장만 빙빙 도는 것과는 차원이 달라.

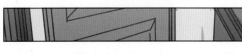

천천히 먹어라.
체하겠다.

아. 너무
맛있어서요.

그래, 앞으로의
계획은 세워놨니.

밥상머리에서
왜 그런 소릴 해요.
어제 막 나온 애한테.

안 그래도 생각 많이
했어요. 수능 준비도 해야 하고
운동도 열심히 해야죠.

아, 비용은
제가 알아서… 두 분은
걱정 마세요. 교도소에서
벌어놓은 돈도 좀 있고 앞으로는
아르바이트 구하면 돼요.

미안하구나.
다 애비가 못나서.

에이, 그런 소리
하지 마세요. 저도
이제 성인인걸요.

...

쩝

쩝

저 좀
나갔다 올게요.

어디 가게?

몸에 맞는 옷도
좀 사고 알아볼 것도
좀 있어서요.

?

151

일단은 이 정도면
충분하겠지.

!!

PC

거의 모든 질문에
친절하게 대답해주던
도현이 형이었지만…

딱 한 가지만은 끝내
대답해주지 않았다.

특별히 비밀이랄 것도
없지만 내 입으로 직접
말하고 싶진 않네.

정도현

비운의 초인, 정도현을 기억하시나요.

역대 최강의 챔피언 정도현, 출소 후 복귀 가능성은?

충격! 세계 챔피언 정도현, 자택에서 4명 살해 후 자수

응?

최신뉴스

호아킨 가볍게 11차 방어 성공, 원하는 상대는 정도현

사흘 전 기사네?

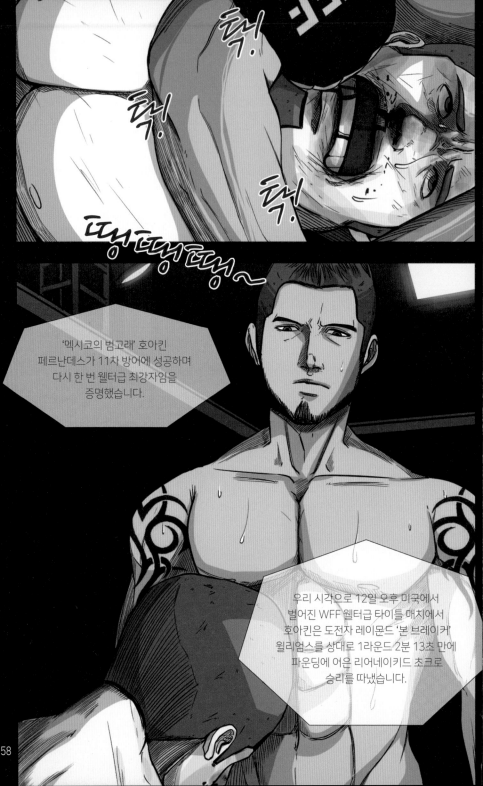

퍽!

퍽!

퍽!

떵떵떵떵~

'멕시코의 범고래' 호아킨 페르난데스가 11차 방어에 성공하며 다시 한 번 웰터급 최강자임을 증명했습니다.

우리 시각으로 12일 오후 미국에서 벌어진 WFF 웰터급 타이틀 매치에서 호아킨은 도전자 레이몬드 '본 브레이커' 윌리엄스를 상대로 1라운드 2분 13초 만에 파운딩에 어은 리어네이키드 초크로 승리를 따냈습니다.

이로써 호아킨의
통산 전적은 23승 1패
21KO가 되었습니다.

승리 축하드립니다.
시합은 어땠습니까.

상대를 비난하려는 게 아니라
그저 시합 중 느낀 대로
솔직하게 말씀드리는 겁니다.

찰칵!

찰칵!

아, 예. 뭉장

상대가 너무 약해서
별 감흥 없는 시합이었습니다.

다음 도전자는
누구로 예상하십니까?

이 사람이…

지금 시대의
정점!

여, 이게 누구야.

…형.

드디어
출소한 거야?

예. 어제…

2하15

2017

167

…형은 어때요?

알면서 뭘 물어.
빵살이야 매일매일
똑같지.

아까 기사를
좀 보고 왔는데요,

호아킨이란 선수가
형에게 공개적으로
도전장을 내밀었어요.

아, 대충 듣긴 했다.
그 친구가 지금
챔피언이라지?

예.

그럴 줄 알았어.
하긴 그 친구 입장에선
좀 약이 오를 수도 있겠다.
지금은 본인이 더 강하다고
생각할 테니까 말이야.

형은요?

음?

내 생각이 뭐 중요하냐.
어차피 영원히 경기장에
설 수 없는 몸인 것을.

형 생각은
어떤데요.

다시 설 수
있다면요?

…

...여전히 형이
세계 최고겠죠?

또 주먹 회수가 늦잖아.
그놈의 길거리 버릇은
언제 고칠 거야?

멈칫!

!

꺼벅

꺼벅

아, 하다 보니
저도 모르게 또…

그런데 누굴 만나고
오신 거예요?

말하자면
네 사형(師兄)이라고나 할까.

그 소년교도소에서
잠시 가르치셨다는?

2하/5

2017

그래. 너하곤 어떤 면에선
정반대고 또 어떤 면에선
굉장히 닮기도 한 녀석이지.

173

!

아직 오늘 할당량도
못 채웠잖아.

우리 집 쪽으로
가는 버스다.

뛰어가면
한 시간도 넘게
걸릴 텐데…

출소했다고
해이해지면 안 돼.

휙!

휙!

…

운동 선수인가?

…진짜 빠르네.

종합병원

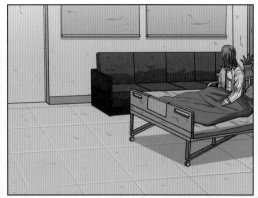

몸은 좀 어때?

쳇, 뭐 대단한 일이라고 직접 행차하셨습니까.

대단한 일이 맞지.

지난 3년간 수도 없이 치고받는 와중에도 입원 한 번 한 적 없는 네가 이렇게나 심하게 당했는데.

…

전에 말했지?

그 소년이 사냥감이 될지, 사냥꾼이 될지는 아무도 모른다고 말이야.

내가
더 강했습니다.

…분명히 내가 훨씬
더 강했습니다.

으드득!!

글쎄, 두 번 연속으로
진 사람 입에서 나올 말은
아닌 것 같은데.

퇴원하는 즉시 녀석을
찾아가서 완전히 밟아버릴…

안 돼.

?

당분간 그 소년과의 재대결은 금지다.

그게 무슨?

궁금해져버렸거든.

띠익!

그 소년, 내가 직접 만나봐야겠어.

설마…

어서 오세요.

딸랑~

안녕하세요, 아까 연락 드린 사람인데요.

아, 아르바이트?

어디 보자, 정비기능사 자격증은 있고,

팔락

특별한 이유라도 있어요?

음? 자사고에 입학했다가 곧바로 그만두고 한참 뒤에 검정고시를 봤네요?

그게 실은…

…아직 여러 군데
남았으니까
너무 실망하지 말자.

후우 -

철레

철레

사락...

어느 정도 각오는 했지만
정말 쉽지가 않구나.

후우...

터벅...

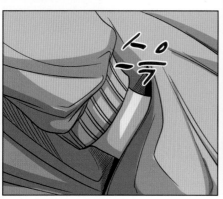

스윽

터벅...

뚜루릇 뚜루~

청춘붕어!

달콤한!

!

뚜루릇 뚜루~

단팥붕어!

혁…

혁…

붕어빵이네.

조금 오묘한!

뚜루릇 뚜루~

청춘붕어!

그러고 보니 아침 이후로 아무것도 안 먹었구나.

꼬르륵

3,000원 어치만 포장해주세요.

예, 바로 구워드릴…

어?

왜 그러세…

어?

꾸벅

헉…

헉…

뚜루루루 뚜루 ~

세상 참 넓은 거
같으면서도 좁아.

아, 전
안 피워요.

이건 잘 먹을게요.

그런 건 불 붙이기 전에
말을 했어야지.

자식,
어리바리한 건
여전하네.

하하…

형도
여전하네요.

여어,
이게 누구야.

하하…
오랜만이에요.

누구긴 누구야,
네 팔뚝 아작 내고 얼굴까지
작살내준 꼬맹이잖아.

ㅋㅋㅋㅋ

아하, 이제 보니까 네
모가지 잡고 정신줄 놓을
때까지 비틀어준 개네.

오랜만에
한 따까리 할까?

급전 필요하냐?
보험금이라도 타 쓰게?

나와,
빌어먹을
빡빡이.

…여전하시네요.

아무튼 출소
축하한다.

고마워요.

저쪽 가서
있어!

한잔 받아.

아 전 그냥
물 마실게요.

너도 이제
20살 됐잖아?

그냥
안 마셔봐서요.

딱히
생각도 없고.

에이, 재미없는 놈.
맘대로 해라.

쪼르륵

캬아!!
좀다.

…지금보다
훨씬 더 많은
시간이 흐르고 나면

그 녀석과도
이렇게 웃으면서 이야기
할 수 있는 날이 올까.

…

빼라.

놔라.

화장실에
좀 다녀올게요.

드륵

투벅

…

투벅

뚝벅...

뚝벅...

!

잠깐 나가서
이야기 좀 합시다.

까딱

보아하니 그 나레이터 모델 놈들 부탁받고 온 모양인데,

피차 바쁜 사람들끼리 시간 낭비하지 말고 바로 본론으로 들어갑시다.

…나레이터 모델?

시치미 떼기는.

피식

아니 뭔가 오해를 한 모양인데 난…

205

와, 너 요즘 아가씨들도 건드리고 다니냐? 너 진짜 쓰레기구나?

휙!

뭔 헛소리야? 너 때문에 온 거잖아?

하긴 네가 폭행 말고 다른 죄를 지을 놈은 또 아니고… 그럼 뭐야?

힐끔

황당…

이것들 뭐야, 방금 지들 입으로 나레이터 모델이라고 했으면서…

뭐야?
성용이를 한 방에?

싱긋

너도 선방 양보해줄래?

뚝둑!

으득!

후욱!

그래도 어디서
한 가닥 하던 놈이라
이거지?

이제라도
알아봐주니 고맙네.

오기 부리지 말고 좀 쉬고 있어. 형님이 해결해줄 테니까.

쉬기는...

개뿔!!

이게 사람을…

뭘로 보…

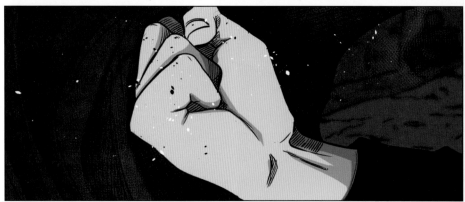

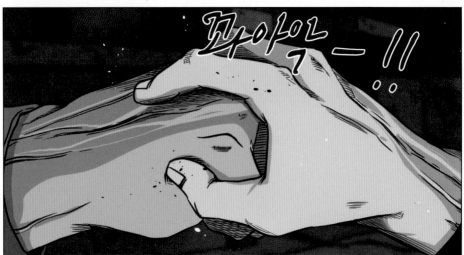

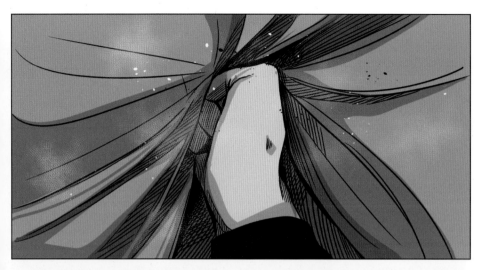

이 인간
대체 뭐야?

허억 -

허억 -

우리 둘을
마치 어린애 다루듯이…

…까고 있네.

혁-

혁-

혁-

혁-

뭐 싫으면 말고.

형들
어디 있어요?

!

혹시 담배 피우고… 어?

움찟!

퉁!

이게 대체
어떻게 된…

233

주인공?
대체 무슨 소리지?

아니 그보다…

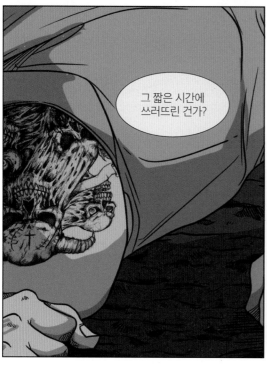

그 짧은 시간에
쓰러뜨린 건가?

저 두 사람을?

걘 상관없잖아.

!

나하고
다시…

아, 실은 얘만 상관있었거든.

뭐?

아깐 삥쳐서 미안.

크윽…

다리가…

…하지만

아무래도 사람을 잘못 본 것 같네요.

저 형들에게 저지른 일에 대한 사과는 받아야겠네요.

틀렸어.
너무 빨라!

오호.

숴이이 ─

...

역시. 쟤들하곤
좀 다르다 이거지?

!!!!

우리는 전혀
대응하지 못했던
주먹을…

…막았어?

이렇게 된 이상…

해보는 수밖에!

뜻!

꺼지릿!

꺼리릿!

커헉!!

욱신!

욱신!

맷집 하나는
그럭저럭 쓸 만하네.

하지만
지금까지 보여준 게
전부라면 실망인데?

평범한 공격은
전혀 통하질 않아.

그렇다면…

꽈악.

붐칫!

슈이이잉!

!!

회전하는 주먹이라.

발상은 나쁘지 않지만
석찬이를 맞히기엔
너무 느린데.

…석찬이를
쓰러뜨린 건
그냥 우연인가.

중얼…

?!

멈칫!!

쩝, 그만하자.

뚝벅

아무튼 때린 건
미안하게 됐다.

뚝벅

사 아

...방금
뭐라고 했어.

음?

당신이 배석찬을
어떻게 알아.

이것 봐라.

아까보다
훨씬 멋진 표정을
짓고 있잖아?

묻는 말에
대답이나 해.

글쎄?
어떻게 아는
사이일까?

할

쩍

다시 붙어봐야 승산은
없어. 기본적인 레벨
차이가 너무 커!

날…

어?

제발 좀
내버려두란
말이야!!

촷!!

ㄷㅜ

엉!

…

여기예요!!

!!

이런. 이런 곳에
신고 정신 투철한
민주 시민이 계셨네.

떡!

떡!

꺼익—!

!

타시죠.

끼잉—

쿵!

또 몰래 따라다닌 거야?
적당히 좀 해.
내가 어린애도 아니고.

형님이 사고를 당하실까 봐
걱정하는 게 아니라 사고를
치실까 봐 걱정하는 겁니다.

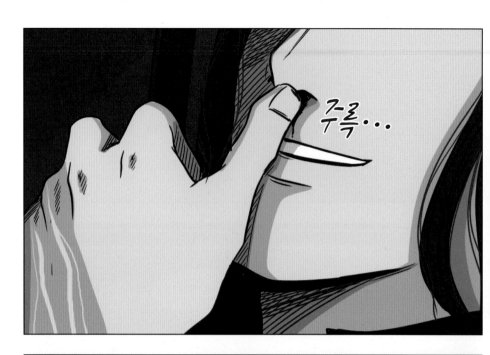

…일주일 전입니다.

뿌웅—

응?
뭐가?

지난주에
저와 대련하시다가
코피 흘리셨습니다.

흠흠…

늑 늑

그때는 내가 술이
좀 과했잖아.

쌍코피였습니다.

…넌
열외로 해야지.

그런 규칙이
있었습니까.
몰랐군요.

…

뿌웅—

괜찮으십니까?

너 이 새끼들…
한동안 잠잠하다 싶더니
또 사고 쳤냐?

니들은 요주의
인물이니까 항상
행동 조심하라고…

믿기
어렵겠지만.

이번엔 우리가
피해자거든요.

일방적으로
얻어터졌다고요.

이것들이
어디서 개뻥을…

이 손님 말이 맞아요.
방금 도망간 사람이
이분들 폭행하는 거
보고 신고한 거거든요.

264

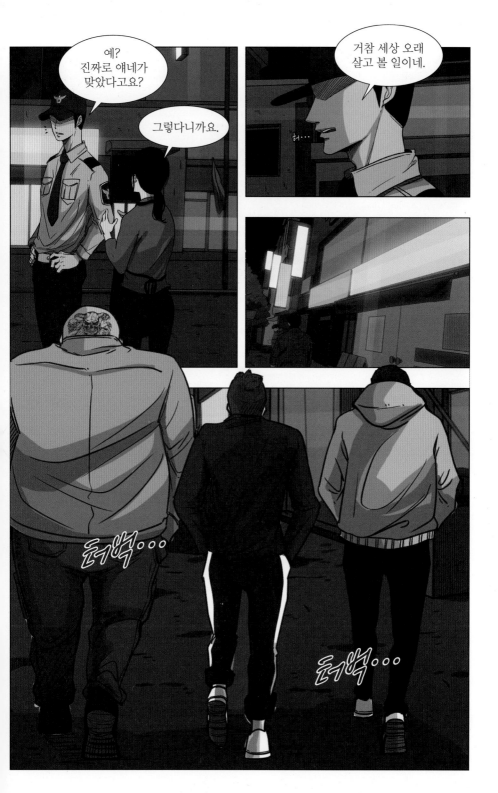

현우용.

현재 서울에서
가장 영향력 있는 건달이자
가장 주먹이 강한 사람이야.

그 사람이…
서울에서 가장
강해요?

서울은 물론이고
전국적으로도 거의
상대가 없을걸?

그런 사람을 상대로
그 정도면 엄청나게
선진한 거야.

…

자랑스러워해도
모자랄 판에 그렇게
우거지상으로 있을 일은
절대로 아니라 이거야.

그렇지만…

?

스무 살. 그러니까
딱 지금 제 나이 때 도현이 형은
세계에서 가장 강했어요.

그런데 전
서울 제일에게도
상대가 되질 않았으니
전 아직도 멀었어요.

그 사람은 그냥
서울에서만 가장
강한 거잖아요.

뭐?

...

터벅...

터벅...

전 이쪽이에요.
형들은요?

아, 우리는 이쪽.

아까 번호
적어준 거 가지고 있지?
심심할 때 연락해.

우리가
아무리 개털이어도
깜빵 동생 밥 한 끼
사줄 만큼은 버니까.

269

예. 연락 드릴게요.

…담배 있냐?

야, 너 몸
상태 괜찮지?

너무 빨리 털리는
바람에 오히려 별일
없긴 한데. 왜?

훅!

훅!

엇차!

그럼 오랜만에
스파링 한판 뜨자.

철썩

갑자기?

갑자기 지금보다
조금만 더 강해지고
싶다는 생각이 든다,

아직도 철이
덜 든 거지.

자리 옮길까?

생각보다 시간이
너무 지났네.

어두우면
무서운데.

내일 당장 도현이 형을
찾아가서 앞으로 어떻게
해야 할지 조언을 구해보자.
그리고…

후우-!

후우-!

왜 이러세요,
보내주세요.

?!

멈칫!!

딸꾹…

에헤이,
누가 잡아먹나?
그냥 같이 술 딱
한 잔만 하자고.

우리 그렇게
이상한 놈들
아니거든?

여기서
이럴 게 아니라…

흠칫!

늑

!

턱!

진짜
이러지 마세요.

277

저기, 괜찮으세요. 제가 도와드릴 테니까 걱정 마세…

둥!

!!!!

철렁!

괜히 형님들 노시는데 끼어들어서 흥 깨지 말고 그냥 가던 길 가라. 응?

우리 법 싫어하는 놈들이거든?

껄껄껄...

자자, 아무래도
아가씨가 기대했던 상황은
안 벌어질 것 같으니까
먼저 조용한 데 자리나
잡아놓읍시다.

우리 그렇게
이상한 사람들
아니라니까 그러네!

꺅!!

덥석!

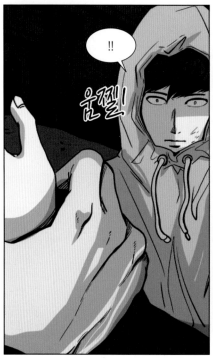

!!

움찔!

냐.

톡

안 놓으면
네가 어쩔 건데?

퍼석ㅇㅇㅇ

?!

빠악

느륵ㅇㅇㅇ

어라…?

떠이잉 ―

287

…?

힐끔

푸

웅!

고, 고맙습니다.
어디 다치신 곳은
없으세요?

…

괜찮으시면
전 이만 가볼게요.

…정말
고맙습니다.

꾸벅

뚜벅···

뚜벅···

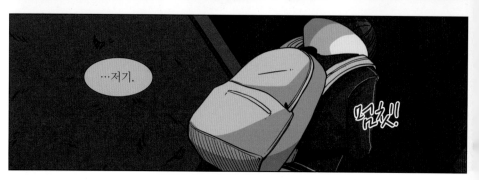

…저기.

멈칫!

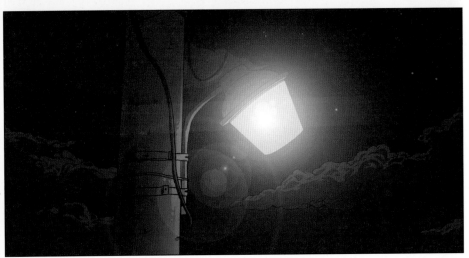

잠깐 주먹을 섞어보니
알겠더라고.

또르르 ―

종합적인 기량은
석찬이보다 한참 아래야.

찰랑...

그건 좀 이상하군요.

독사 같은 녀석이 한 번도 아니고 두 번씩이나 방심을 하진 않았을 텐데.

빠ㄱ!

방심 탓은 아닐 거야.

그 소년에겐 특별한 게 있거든.

짠

예?

대부분의 인간은 눈앞에 감당하기 힘든 거대한 벽이 나타날 경우 좌절하고 위축돼서

원래 자신이 가지고 있던 실력조차 제대로 발휘하지 못하고 스스로 무너져버리기 마련이야.

쉽게 설명하자면
강한 시련을 만나면 본인도
거기에 맞춰서 더 강해지는
타입이라고나 할까.

형님께서
그렇게까지 말씀하시니
궁금하긴 하군요.

배석찬과
비교해보면 어떻습니까?
결국 누가 더 강해질까요.

글쎄. 그건
나도 잘 모르겠어.

찰랑...

석찬이 역시
말도 안 되는 재능을
타고난 녀석이니까.

쭐쭉

한 가지 확실한 건
석찬이와 처음 마주쳤을 땐
아, 이 녀석을 꼭 갖고 싶다는
생각이 들었는데

아까 그 소년
같은 경우엔…

6권에서 계속

What if vol. 1

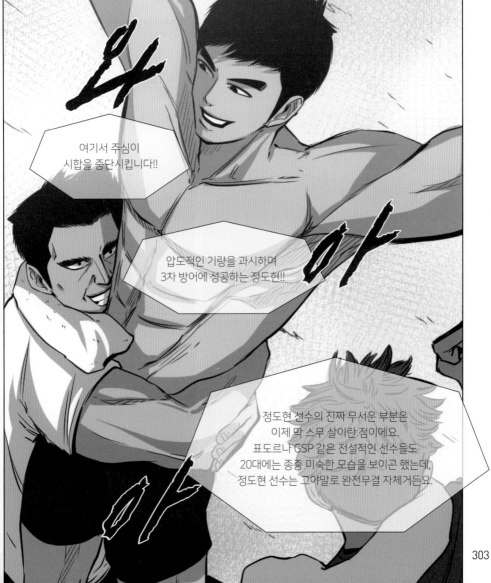

어, 1라운드 2분 13초 TKO.
…아, TKO가 뭐냐면.
여하튼 쉽게 이겼단 소리야.

엄마도 참…
그렇게 괜찮으니까
와서 보라 했잖아.

모처럼 서울에서
시합했는데.

집에? …새벽에나
들어갈 거 같은데? 곧바로
축하연인데 주인공이 중간에
빠지면 좀 그렇잖아.

…

에이!
또 잔소리한다! 알았어
바로 들어가면 되잖아.

벌컥!

야, 꼴통!
안 가냐?

정 여사,
아들 왔어.

왔니?

껌쩍!

얼굴 왜 그래?
부은 거 아냐?
세상에 세상에!

흉 지겠네.
너 그 운동 꼭 해야
되는 거니 진짜?

내가 평소에
다치고 오는 일이 없어서
그렇지 이 정도는 진짜
아무것도 아니거든.

엄마는 더 이상
돈도 필요 없다.
그저 너 안 다치고
건강히…

끼이익…

오빠 넌 어째
오자마자 떠들고
그러냐?

!

슥

둥!

나 모의고사
얼마 안 남았다고
말했잖아.

사각...

사각...

사각...

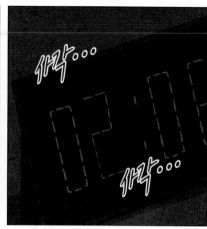

사각...

사각...

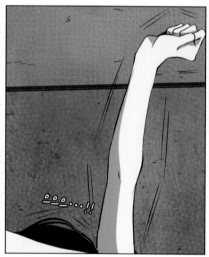

으으으...!!

그래 도연아...

벌컥

이것은
체력충전이다...

먹고 싶어서 먹는게 아니야
공부를 열심히 해서...

오빠 새끼야,
너 또 현관문 안 잠그고
그냥 들어왔냐?

쾅!

버럭!

황

조용히 하라니까!
진짜 죽고 싶어?!

아 왜 뭔데?

벌컥

깜빡!

몰라,
강도 들어왔잖아.
니 잘못이니까 니가
알아서 해 등신아!

알았어 알았어.

하~암

알아서 할 테니까
들어가서 자.

엄마 주무시니까
조용히 해라 진짜.

...응 너 때문에
깨실듯.

...

...

니들 혹시 어디
좀 모자란 애들이냐?
우리 진짜 막 나가는
놈들이라니까?

니들 죽을 수도
있다고!!

근데 형님.

응?

저 새끼, 정도현
안 닮았습니까?

...정 누구?

...?!

315

오늘 새벽 1시쯤,
종합격투기 세계챔피언
정도현 선수의 자택에 무장 강도
일당이 침입했습니다.

마침 자택에서 휴식을
취하고 있던 정도현 선수는
손수 4인의 무장 강도를 제압한 후
경찰에 신고했습니다.

검거된 강도들은 모두 턱뼈가
부서지는 부상을 입었지만
생명에는 지장이 없는 것으로
알려지고 있습니다.

이상 정오의
뉴스였습니다.

스르르‥‥

아 또 터졌네‥‥

타이틀전 직후부터
바로 저런 강도 높은
트레이닝이라니‥‥

3년 후

!!

정도현 선수, 웰터급
10차 방어 성공 축하드립니다!

감사합니다.

이제는 정말로
WFF는 물론 타 단체에서도
도전자를 구할 수도 없는
상황이라는 평가를 받으셨는데요,
향후 계획은 어떤가요?

글쎄요, 일단은
밥부터 좀 먹어야겠네요.

두 달 뒤에 미들급 타이틀 방어전이 있기도 하고, 라이트헤비급 타이틀도 좀 탐이 나는데… 도무지 살이 안 쪄요.

…그냥 바로 붙어도 딱히 상관은 없는데.

아 예… 그리고 한 가지 더 축하드릴 게 있죠?

지난주에 뉴스타임이 선정한 21세기 최고의 스포츠 스타 1위로 선정이 되셨는데요.

더 열심히 해서 역사상 1위의 자리를 노려보겠습니다.

N E W S

샤크 5

초판 1쇄 발행 2020년 2월 14일
초판 2쇄 발행 2022년 1월 10일

지은이 운 김우섭
펴낸이 김문식 최민석
총괄 임승규
편집 이수민 김소정 박소호
　　　김재원 이혜미 조연수
표지디자인 손현주
편집디자인 이연서 김철
제작 제이오

펴낸곳 (주)해피북스투유
출판등록 2016년 12월 12일 제2016-000343호
주소 서울시 성북구 종암로 63, 5층 (종암동)
전화 02)336-1203
팩스 02)336-1209

ISBN 979-11-6479-080-7 (04810)
　　　　979-11-6479-079-1 (세트)